藍小說 ⑨①⑥

村上春樹作品集

爵士群像

和田 誠・村上春樹著 賴明珠譯

爵士群像

前言

和田誠

上中學時，我非常喜歡看電影。那時候我看了一部《Hit Parade》，描寫窩在象牙塔裡研究古典音樂的頑固不靈的教授丹尼凱，有一天知道了爵士樂的存在，於是開始到街上去到處忘情盡興地聽爵士樂。

拍成喜劇的這部電影，其實同時也是爵士樂的入門篇。Benny Goodman、Tommy Dorsey、Louis Armstrong、Lionel Hampton 等著名音樂家一一登場演出，讓觀眾能夠聽到大師們的演奏。

就這樣，電影和爵士樂幾乎同時來到我的身邊。我首先親近電影介紹得很多的 Swing（搖擺），然後再漸漸追溯補聽以前的古老爵士。高中時開始對爵士樂的歷史感興趣。另一方面，Bebop 也誕生了。於是我很自然的又開始聽到新的爵士樂。

上大學時，Thelonious Monk 和 Miles Davis 都已經是大師了，Satchmo（即 Louis Armstrong）和 Duke Ellington 正活躍。George Lewis 和 Kid Ory 也還很起勁。我聽了很

多各種時代各種類型的爵士樂。

就這樣長大成人。我雖然喜歡音樂，卻並不以這爲工作。我選擇了畫挿畫。偶爾開展覽會。個展和日常的工作不同，可以自由選擇主題。這時候，我往往拿喜歡的電影或音樂當題材。

九二年我開個展的主題是“JAZZ”。我隨意選了廿位爵士音樂家來畫。那時候的畫偶然被村上春樹兄看見了，於是他爲我寫了隨筆。九七年我開了一個主題叫“SING”的展覽。後來將其中爵士樂系的人物，和補充的新畫加起來共二十六人編成了這一本書。

村上兄對爵士的感覺，比我更熱烈更深入。展覽會的畫都已經分別有了主人，四散各方了。託村上兄文章的福，我所畫的爵士人，才得以再度齊聚一堂。我眞的覺得很開心。

Chet Baker

查特・貝克

查特・貝克的音樂裡，有一種絕不含糊的青春氣息。雖然在爵士樂壇留名的音樂家人數衆多，但能夠將所謂「青春」這氣味，讓人們如此鮮烈地感受到的，除了他之外，還有誰？貝克所創作出來的音樂裡，含有只有他的音色和樂句(Phrase)才能夠傳達的胸中疼痛和心象風景。他能夠把那極自然地當做空氣般吸進去，當做呼氣般吐出來。那裡頭幾乎沒有人爲技巧的做作。也許可以說——不必做作，他自己本身就是「某種特別的東西」也不一定。

但他能夠維持「特別的東西」的期間，卻絕不算長。那光輝就像盛夏美麗的黃昏晚霞一樣，不知不覺之間便被暗夜吞噬了。而濫用麻藥所帶來難以避免的低落，就如已經到期的貸款一般逼迫而來。

貝克很像詹姆斯狄恩，不但臉長得像，連那存在的超凡資質和毀滅性也很像。他們貪食時代的片鱗，將得到的營養朝向世界慷慨地，幾乎毫不保留地盡情散播揮灑淨盡。但他和狄恩不同，他在那個時代活了下來。也許這麼說太過份，但那也是查特・貝克的悲劇。

M. Wada 92

Benny Goodman

班尼・固德曼

從現在的時點來看，"King of Swing" Benny Goodman 其實是很保守的，而且還帶有擅長做生意的音樂家形象，但是過去白人、黑人音樂家不在同一個樂團並肩同台演出的音樂界默契，其實也就是由他斷然打破的。他找鐘琴手Lionel Hampton、鋼琴手Teddy Wilson、吉他手Charlie Christian 加入。周圍的人對這很有意見，他也不在乎。不管怎麼說，Goodman 就是這麼忠於音樂的人。只要樂器出來的聲音棒，而且能愉快的搖擺的話，恐怕半人魚他都會錄用吧。

對Goodman來說，與其看膚色，不如募集每個時代最優秀的音樂家，迎接新的氣息，讓自己的樂團成爲經常站在第一線上的刺激性存在，才是他最重視的優先事項。雖然，在多年以後身邊擁有像 Zoot Sims 和Phil Woods 等純粹的現代主義者時，竟然連他都無法收拾，而引起一大騷動。貝斯手Bill Crow 以這天翻地覆的紛亂始末爲經緯所寫的〈再見Birdland〉中敍述得很詳細。雖然這麼說，但只要一聽這折衷式的熱鬧樂團所留下的唱片，還是能聽到相當魅力十足的演奏，因此 Goodman 的意圖也絕對沒有錯。

M. Wada 92

Benny Goodman

只是話雖如此，一提到Benny Goodman，從一九三〇年代後半到四〇年代所錄的許多演奏名盤唱片，還是深深印在我們腦子裏。在這黃金時代 Goodman 所錄的唱片要說任何一首都棒，也眞是這樣。不過年輕天才 Eddie Sauter（當時才二十五歲左右）爲 Goodman 所寫的編曲演奏出來，有一種其他曲子所沒有的獨特嶄新感。和過去「King of Swing」的路線又有一點不同的味道，令人感覺到一種年輕的魅力。Goodman 甜美而搖擺式的資質，和 Eddie Sauter 幾分硬質而帶有知性的味道，巧妙融合，產生質感很高而富有娛樂性的音樂。

一代大師 Goodman 或許也受到 Eddie Sauter 旺盛企圖心的編曲刺激吧，例如在〈Moonlight on the Gandgis〉裏的單簧管獨奏，表現相當尖銳而現代色彩濃厚，其中含有「這可不能說是只有輕鬆甜美的娛樂爵士噢」的氣魄。Goodman 當時也還相當年輕，而且自有他的飢渴。當然熱情洋溢的著名「卡內基廳」的現場演奏盤固然很棒，不過也有點聽膩的地方。這時候不妨聽聽這張「Benny Goodman Presents Eddie Sauter Arrangements」。

Benny Goodman 所演奏的 Eddie Sauter Arrangements，很遺憾（或者應該說是當然的吧）並沒有受到普遍的歡迎，不過後來 Eddie Sauter 和 Stan Getz 合作的「Focus」可以說成爲造形美極致的傑出作品公開於世。

BENNY GOODMAN PRESENTS
EDDIE SAUTER ARRANGEMENTS
(Columbia CL-523)

班尼・固德曼(1909～1986)

生於芝加哥的猶太家庭。從十歲左右就開始摸單簧管(clarionet)，曾經跟無數音樂家一起演出而磨練出技巧。30年代率領自己的大樂團或四、五人的小樂隊，以搖擺時代的中心人物活躍當時。'38年被譽為"King of Swing"在古典音樂殿堂「卡內基廳」成功地舉行了首次爵士樂演奏會。並以只要是傑出音樂家，不分白人、黑人他都欣然採用而為衆所周知。

Charlie Parker

查理・帕克

「BIRD AND DIZ」LP的演奏成員，很不可思議的是由不同樂團來的樂手組成的。Dizzy Gillespie 和貝斯手 Curley Russsel 的陣容自然堅強。然而製作人諾曼格蘭滋（Norman Granz）又帶來鼓手巴弟瑞奇（Buddy Rich），Bird（查理・帕克）則帶了當時沒工作的瑟隆尼斯・孟克（Thelonious Monk）來，並即席拼湊成一場沒有統一性的五重奏。

瑞奇在當時名氣最大，他毫不保留地痛快敲出空前的技巧，酬勞也高得令人眼珠都要跳出來的驚人。另一方面孟克的前衛風格則尚未被一般人所理解，既沒有名氣也沒有固定工作，只是默默地做著自己喜歡的事而已。可想而知，瑞奇和孟克的風格完全不同，彼此都覺得對方「眞不知道在搞什麼」，而各自隨性地追求著各自的風格。

當天他們兩個人在錄音室裡碰面，到底交談了什麼？我有時候會覺得很不可思議。當然這只是我自己的想像而已。我想他們在個性上應該也合不來吧？據我所知，從此以後這兩個人好像沒再碰過面。

M. Wada 92

Charlie Parker

第一次聽這張唱片時，我就很遺憾地覺得，如果鼓手是麥斯威爾洛奇(Maxwell Roach)或肯尼克拉克(Kenny Clarke)該多好……孟克的鋼琴像剛完成的楔子般銳不可當，(雖然不太有輪到獨奏的機會，但仍然是獨具特色的絕品背景)，而幾乎把那蓋住的瑞奇的「看我的，這個怎麼樣」似的搖擺概念十足的擊鼓，則眞叫人受不了。

但最近我重新放來聽聽看時，卻不可思議地覺得「嗯，不管怎麼說，巴弟瑞奇的鼓法還是眞棒」。雖然放肆得不合場合的印象還依舊不變，但賦與這樂句獨特愉悅氣氛的，也正是瑞奇的那「過剩的」鼓聲，也許因爲上了年紀吧，終於可以理解這點了。能夠把孟克鋼琴的突兀衝撞般的優點凸顯出來的，也是瑞奇那無節制的「亂敲」。這如果是洛奇或克拉克的話，也許會因爲太過於固定以致於意猶未盡，而令人感覺「查理帕克的演奏，應該還有其他更好的」也不一定。

瑞奇的鼓聲確實有點吵鬧，但仔細注意聽時，我發現他絕對沒有妨礙周圍的音樂。因爲在關鍵的一些要點上，呼吸停頓都恰到好處。終究是風靡一世的一代大師才有這樣的本事。這麼一想，諾曼格蘭滋或許具有「選才搭配」的獨到稀有才華也不一定。光聽到一開頭「Bloomdido」那深刻動人的緊湊鐃鈸(cymbal)前奏，兩頰就不禁放鬆了下來。眞棒！本來打算寫查理・帕克的，結果竟然變成一直在寫巴弟瑞奇。

BIRD AND DIZ (Verve MGV-8006)

查理・帕克(1920～1955)
生於肯薩斯州。'42年左右開始和 Dizzy Gillespie 等爵士演奏者做即興合奏，成爲摩登爵士原點的新風格"Bebop"的核心存在。他以卓越的技巧表現泉湧的創意和豐沛的音樂情境，確立了他爵士即興演奏的天才中音薩克斯風演奏者的地位。綽號"Bird"。在他不算長的生涯中，由於毒品、酗酒和許多傳說而憑添各種色彩。

Fats Waller

費茲・華勒

Fats Waller 所作的無數傑出曲子中，我特別喜歡的是〈Jitterbug Waltz〉。

那是遙遠的從前，一九四〇年代初期所創作的古老曲子，但有些地方使我越聽越搞不清楚，那委婉柔軟忽上忽下像在愚弄人似的，音型有點奇特的旋律，又像是很奇妙的和弦進行，以音樂來說，到底是嶄新的還是守舊的？是單純的還是複雜的？是認眞的還是不認眞的？但不管怎麼樣，那卻是不可思議地會留在腦子裡的音樂。一留神時，我站在廚房，嘴裏竟然哼著「滴，啦哩啦哩啦哩啦哩啦哩啦……」。

或許這只是我個人的邊境式感想，而不具一般性也不一定，但我在聽這首曲子時，會感覺到從前在什麼地方看過的懷念光景，彷彿在內心深處忽然甦醒過來似的。也覺得那悠閒的旋律，彷彿喚醒我兒童時代發生過的什麼記憶似的。

這樣比較或許有些奇怪，但我每次聽到The Doors的〈Light My Fire〉Ray Manzarek 用風琴演奏那印象深刻的前奏時，就會忽然記起〈Jitterbug Waltz〉。當然仔細聽時是完全不同的

m. Wada 92

Fats Waller

音樂，但不知道爲什麼有某種特別可疑的什麼，在那非常舒服的 feeling 中，彷彿在本質上有一種令人覺得像羊水般通底的地方。對了，大概可以稱爲「原初風景」吧。戴著嚴肅面具的滑稽性，戴著滑稽面具的嚴肅性。如果更往前推的話，或許會到達艾德格阿藍波或庫爾特拜爾的世界也不一定。不過到那裡的話，就說來話長了。

這首曲子 Fats Waller 自己彈的鋼琴我常聽，不過我也喜歡聽幾種其他演奏者演奏的版本。「爵士通」密歐爾・路格蘭的「路格蘭爵士」裏，那特別酷而高明的詮釋也非常棒，不過我個人則比較喜歡經常主動去聽那收錄在白人中音薩克斯風手 Herb Geller 的樸素名盤「FIRE IN THE WEST」(Jubilee)裡的曲子。在常駐西海岸的音樂家中，加入偶爾由東海岸來的Kenny Dorham 和 Ray Brown 的陣容，當中尤其是 Dorham 的存在很大，猛一看好像沒做什麼了不起的事似的，但只要有這麼一個人在場，全場的空氣就會頓然變得勁道十足趣味盎然的黑色調爵士了。Dorham這個人似乎本來就具有這種音樂性人望似的。以棒球來說，正如有味道的二壘手，在若無其事的投球、接球間，自然就會讓你感受到他身手非凡的功力一樣。

輕鬆愉快的歡聚氣氛，令人切膚感覺到毫不含糊的爵士辛辣有勁的好組合下，把〈Jitterbug Waltz〉原曲的曲風表現得淋漓盡致。讓我聽得耳朵都要長繭的程度。

Herb Geller, FIRE IN THE WEST (Jubilee 1044)

費茲・華勒(1904～1943)
生於紐約。6歲開始學鋼琴，15歲獲得業餘比賽優勝。後來正式接受偉大的哈林鋼琴家James P. Johnson指導，'22年首次錄唱片。他不僅是stride鋼琴的演奏名手，爲後世留下深遠影響，同時也是非凡的作曲家，與作詞家Andy Razaf搭擋創作出〈Honeysuckle Rose〉〈AIn't Misbehavin'〉等許多名曲。

Art Blakey

亞特·布萊基

我生平第一次接觸到所謂現代爵士（Modern Jazz），是在一九六三年Art Blakey & Jazz Messengers樂團的音樂會上。地點在神戶，我還是個初中生，連爵士樂到底是什麼樣的音樂都還搞不太清楚。但不知道爲什麼卻很感興趣，票到手了便去聽。大概因爲當時有名的外國音樂家來日本演奏眞的還很稀奇，造成熱門話題，因此想去聽聽看吧。應該是在一月的寒冷日子。

成員以Freddie Hubbard、Wayne Shorter、Curtis Fuller等年輕樂手站在前排，新組成的典型三管六重奏——現在想起來眞是劃時代的傑出陣容，不過當時還完全不懂這種事情。節奏部成員是Art Blakey、Cedar Walton、Reggie Workman。只出來唱一下的歌手是Johnny Hartman。

當天所聽到的音樂，自己是不是能理解呢？畢竟還是太難了。因爲我當時從收音機或唱片上所聽的，主要是搖滾樂，此外頂多再加上Nat King Cole之類的，音樂的程度顯然還不夠。當天晚上的舞台上演奏了〈It's only A Paper Moon〉和〈Three Blind Mice〉。我雖然知道這兩首

Art Blakey

曲子，但他們所演奏的音樂卻和原曲的旋律遠遠偏離。爲什麼非要把旋律那樣徹底地破壞、扭曲不可呢？我無法瞭解那理由、基準或必然性。換句話說所謂「即興」的概念，在我知識的抽屜裏還不存在。

不過，那裏頭已經有什麼刺透了我的心。我可以本能地感覺到「現在眼前所聽見看見的東西，雖然自己還不太能理解，但卻隱藏著對我來說是新的可能性的某種東西」。那或許因爲音樂本身畢竟是充實的、擁有積極向前的姿勢、而且又熱情的關係吧。

我想當時我最被強烈吸引的，是那調子（tone）。六位熱情有勁的音樂家所營造出來的調子，是多麼的強勁有份量、具挑撥性、又神祕，而且……黑。雖然不知道爲什麼，但我把那聲音以色彩的黑來感覺。當然在舞台上的音樂家全體都是黑人，因此或許也有視覺上的原因吧。但卻不只這樣。我從他們的 tone 本身所感覺到的正是黑色。而且不是黑漆漆的黑，是混了一點巧克力色的深黑……。我懷著身不由己地被染成那黑色的心情，茫然地回家去。

音樂會之後，我找到Blakey稍微古老一些時期的唱片，反覆地聽了好幾次又好幾次。是Fontana出的收錄有〈危險關係〉（Les Liaisons Dangereuses）那首曲子的唱片。每次聽到這音樂時，對我來說的一個時代的一種狀況就會清清楚楚地歷歷甦醒浮現出來。背景不用說，當然是黑色。

LES LIAISONS DANGEREUSES (Epic LA-16022)

亞特・布萊基(1919～1990)

生於匹茲堡。'40年代活躍於Billy Eckstine樂團，後來和Charlie Parker等共同演出，磨練了技巧。'54年2月擁有Horace Silver等樂手，而以自己名義的五重奏，在紐約鳥園「Birdland」現場演奏廳演出，翌年組成Jazz Messengers樂團，雖然成員幾經更替，但依然繼續活動到他死爲止。身爲一名兼具豪放與細緻的鼓手和樂團領導者，他爲音樂世界造就了許多有才華的年輕樂手。

Stan Getz

史坦・蓋茲

Stan Getz 是一位情緒化地擁有複雜麻煩的次中音薩克斯風手，而他的人生也絕不算安穩幸福。抱著像蒸氣壓路機般巨大高壓的自我，以大量的毒品和酒精腐蝕靈魂，從懂事開始到停止呼吸爲止的大部分時期，幾乎都與安定平穩的生活無緣。多半的情況，讓身邊的女人們飽受傷害，朋友們也都心灰意冷離他而去。

然而活生生的Stan Getz，就算是在多麼嚴寒的北極過日子，他的音樂也如天使的羽翼般，從來不曾失去魔術般的優雅。他脚一旦站上舞台，手拿起樂器，現場立刻就會產生完全異次元的世界。正如被不幸的麥達士國王的手，觸過的東西全部都會變成閃亮的黃金一樣。

對，Stan Getz音樂的核心，擁有光輝閃亮的黃金旋律，無論任何熱烈的即興技法如何快節奏地展開變化，其中還是自然帶有潤澤的歌。他把中音薩克斯風宛如神意授與的聲帶般吹奏自如，紡出充滿鮮明至福的無言之歌。爵士史上有多如星辰般的薩克斯風演奏者，卻沒有一位像Stan Getz這樣既能吹出激烈的曲子，又不輕易落入安逸的多愁善感的人。

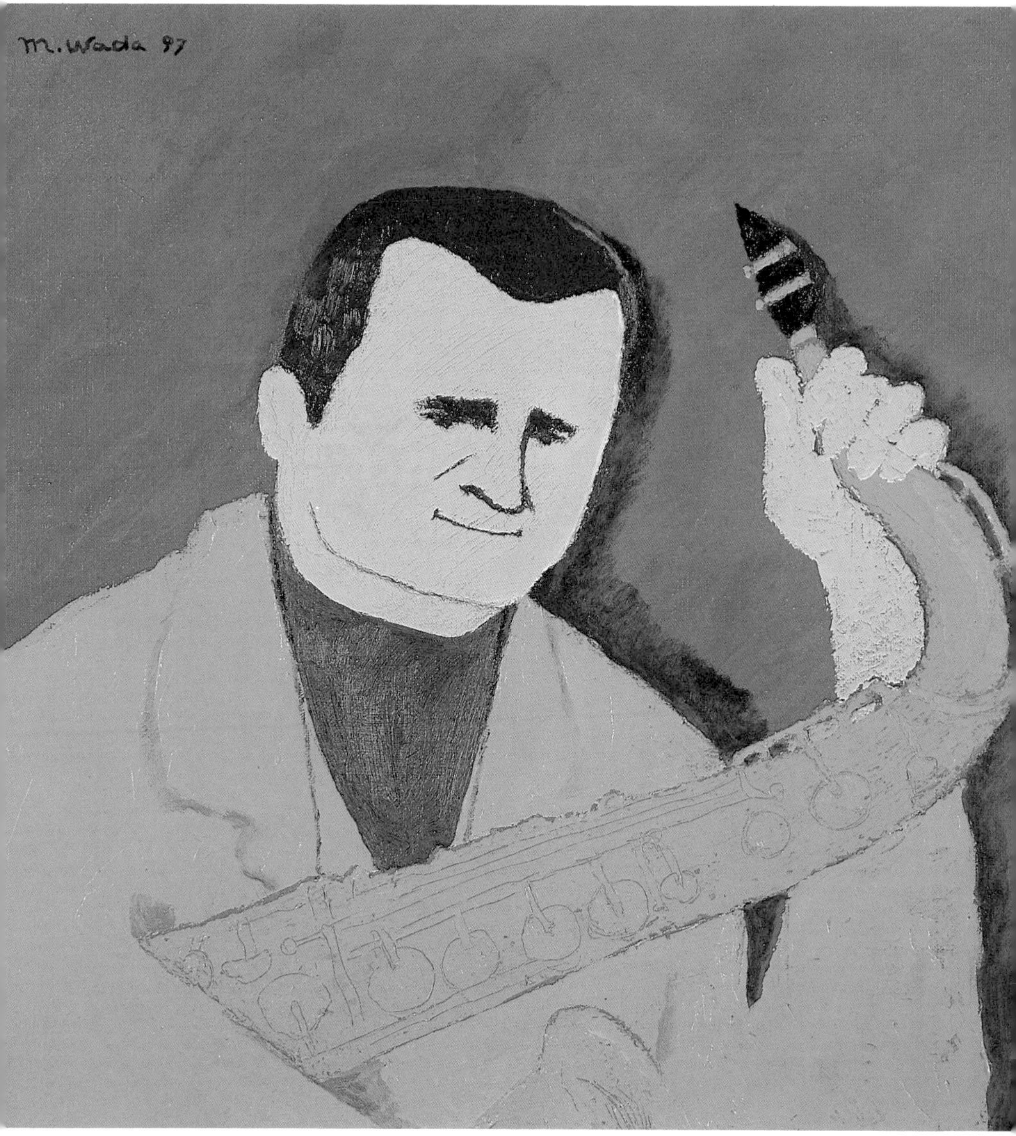
M. Wada 97

Stan Getz

過去我曾經沉迷於許多小說，著迷於各種爵士樂中。但最後我還是覺得唯有費滋潔羅的才稱得上小說(the Novel)，Stan Getz才算得上爵士(the Jazz)。我重新想一想，這兩個人之間或許可以找到若干共通點吧。他們兩人所創作出的藝術，當然可以看出一些缺點。這點我可以承認。但如果不付出這些瑕疵做爲代價的話，很可能他們便無法得到美的永恆刻印吧。因此我不僅愛他們的美，同時也毫不保留地深深愛著他們的瑕疵。

我最熱愛的Stan Getz的作品，怎麼說都以Jazz Club「AT STORYVILLE」兩張現場演奏盤爲最愛。包含在這裡頭的一切的一切，都棒得超越所有的表現。雖然是跟平常一樣的表現，但裡頭卻有取之不盡的營養。例如，不妨請聽一聽〈Move〉。Jimmy Raney、Al Haig、Teddy Kotick、Tiny Kahn的旋律部份，簡直完美得令人倒吸一口氣。酷得非凡而簡素，同時像要熔入地底的熔岩一般滾燙的旋律，他們渾然化爲一體地解讀。不過遠勝這些的是Stan Getz 的演奏之棒。有如天馬行空般自在地撥開雲層，讓清晰得眼睛都會疼的滿天星光，於一瞬之間盡展眼前。那鮮烈的吟詠，超越了歲月，強烈地打動我們的心。爲什麼呢？因爲這些歌毫不保留地喚起人們靈魂深處隱藏著的飢餓狼群。牠們在雪中，吐著獸性的無言白氣。彷彿可以拿在手上用刀子切下般又白又硬的美麗氣息……。而且我們可以安靜地看出活在靈魂深處的森林裡的宿命性殘酷。

AT STORYVLLE VOL.1 (Roost LP-2209)

史坦・蓋茲(1927～1991)

生於費城。'43年離開Jack Teagarden後，遍歷過許多名門樂團，於'49～'52年開始擁有自己的樂團，另一方面並單身赴北歐旅行。後來經過Stan Kenton樂團和在歐洲活動後，60年代初以bossa nova演出作品風靡於世。'64年後又回到自己的樂團活動。他堪稱是以既酷又熱，散發無與倫比樂魂的天才式即興演奏聞名的中音薩克斯風樂手。

Billie Holiday

比莉・哈樂黛

年輕時候聽了很多比莉・哈樂黛的歌。自然也很感動。但真正瞭解比莉・哈樂黛到底是個多麼棒的歌手，則是在年紀大一些之後的事。這麼說來，上了一點年紀在某方面倒也有些好處。

以前我常聽她從一九三〇年代到四〇年代前半所留下的錄音。她以還年輕時水水嫩嫩的聲音，盡情暢快揮灑歡唱的那時代的曲子，後來大多由哥倫比亞唱片公司再度發行。其中滿溢著某種令人難以相信的想像力，和令人瞠目結舌的自在飛翔感。配合著她的 swing 搖擺，世界也在搖擺。整個地球在搖搖擺擺地擺動著，swing 著。這完全不是誇張的說法或什麼。並不是所謂藝術之類的東西，而已經是魔法了。能夠自在地使用這種魔法的人，在我所知的範圍內，除了她之外只有查理・帕克。

不過自從她聲音搞壞，身體被毒品腐蝕之後，她倒嗓時代的錄音，我年輕時候並不怎麼熱心去聽。或許也可以說是刻意疏遠吧。尤其進入一九五〇年代之後的錄音，在我聽起來實在是太過於痛苦、沉重、和悲愴了。但隨著進到三十歲、四十歲之後，我變得反而喜歡主動把那個時代的

M. Wada 92

Billie Holiday

唱片放在轉盤上了。在不知不覺之間，我的心和身體似乎已經漸漸轉變成渴求這種音樂了。

在比莉・哈樂黛晚年，某種意義上已經是崩潰損壞的歌唱聲中，我所能夠聽出來的東西到底是什麼呢？關於這點我花了相當的心思試著去思考過。那裡頭到底擁有什麼，能夠變得那樣吸引我呢？

那說不定很可能是類似「赦」之類的東西吧——到最近我開始這樣感覺。聽著比莉・哈樂黛晚年的歌時，我開始覺得我這一生活著過來所犯的錯誤，或這一向透過所寫的事情所犯的無數過失，或到目前爲止所傷害過無數人的心，她都能爲我把那些輕輕地、靜靜地，完全承受下來，全部包容赦免了似的。就像在說「好了，沒關係，忘掉吧！」。那不是「癒」。我決不能夠被治癒。無論如何，都無法痊癒。只能被赦免而已。

不過這些未免太深入涉及個人性的事情了。這種事我不想以一般性來敷衍了事。所以，以比莉・哈樂黛的優越唱片我想特別推薦的，依然是哥倫比亞的唱片。如果一定要提出其中的一曲的話，我會毫不遲疑地選出「當妳微笑時」。裡頭插入Lester Young 的 solo 也值得一聽，棒得令人窒息眞是天才。她唱：「當妳微笑時，全世界都跟著妳微笑。」

When you are smiling, the whole world smiles with you.

於是世界便微笑了。或許你不相信，不過眞的就欣然微笑了。

THE GOLDEN YEARS (Columbia C3L21)

比莉・哈樂黛(1915～1959)

生於馬里蘭州的巴爾的摩。10歲時被強暴，十幾歲就當過妓女等，少女時代嘗盡辛酸經歷，'30年在紐約試唱合格，終於當上歌手。1938年開始眞正以自己的名字出唱片。'39年所錄的「奇妙的果實」獲得實質的評價，宛如器樂奏者即興般特徵的唱法，雖然帶給後來的摩登爵士演唱很大的影響，但因爲沉溺於毒品，而縮短了歌手的生命。

Cab Calloway

凱伯・卡羅威

說到Cab Calloway，眼前不由得浮現約翰藍迪斯導演的電影《龍虎雙霸天》(Blues Brothers)(1980)裏，他那奇聲怪調的「Hi-De-Ho」唱腔。《龍虎雙霸天》是約翰蘭底斯獻給黑人音樂文化的多彩多姿而狂野的禮讚，其中濃濃地散發著類似害羞而愛夢想的少年情懷，我非常喜歡這一段。尤其是Ray Charles和Cab Calloway出現在大銀幕的音樂場景，簡直可以說是壓軸好戲，他們所散發的精采絕倫而帶有泥土味的特有勁道，使這部電影所含有的訊息層次頓然加倍提升。

此外作曲家George Gershwin的那部民謠式歌劇《Porgy and Bess》裡，以Cab Calloway爲模特兒的叫做"Sportin' Life"的獨特角色設定，在舞台上又讓Cab Calloway自己演出那個角色，這下子Cab Calloway這個人所擁有的特異性已經超越時代，超越音樂風格而成爲一種傳說性的東西了。到什麼地方爲止是實體，什麼地方是被複製的印象？連這都分不清了。

M. Wada

Cab Calloway

話雖這麼說，但在音樂史上，Cab Calloway這個角色大放異采的時期，大家一致公認應該是從一九三〇年代到一九四〇年代初。這個時期他率領水準很高的大樂團，不但演奏廣受歡迎，同時也留下了許多非常棒的錄音。其中我首先想到的是，樂迷們稱爲「貓咪Chu Berry」Epic的LP。（這雖是日本編輯的，但內容比原始盤更棒）。

這張唱片裡集有許多首中音薩克斯風手Chu Berry於一九四〇年前後演奏的曲子，A面是Chu Berry自己名義的樂團演奏。B面則是他以一個獨奏者的身分在Cab Calloway 樂團裡的演奏。在當時的 Cab Calloway 樂團裡除了 Chu Berry 之外，還有 Dizzy Gillespie、Tyree Glenn、Milt Hinton 等年輕有勁的音樂家加入，和老大照例獨一無二的活潑歌唱不同，舞台上展開熱情的輪番熱演。Calloway 這時也擺出從容的架勢，好像在說「接下來就讓年輕人隨心所欲高興地去秀吧」的意味。因此我可以愉快地窺出從swing的圓熟逐漸轉向Bop萌芽的音樂場景氣息。尤其Chu Berry正當最顛峰的狀態，吹奏得眞是潤澤多汁。這應該也可以說是Calloway爲人的大度風範吧。即使在聽著歌時，他的這種人格還是不知不覺地傳了過來。

不過好像 Calloway 唯獨和「新人類」的 Gillespie 臭味不合的樣子，兩個人的關係鬧得實在很僵，最後甚至發生 Gillespie 抽出刀子要捅 Calloway 的事件。一面想到這些，一面看《龍

Chu Berry and His Stompy Stevedores
with The Cab Calloway Orchestra,
〝CHU〞(CBS／SONY SOPL-123)

凱伯・卡羅威(1907～1994)

生於紐約州。'30年參加The Missourians樂團，後來自己成為樂團領導者，'31年起在「棉花俱樂部」演出，主題曲〈Minnie The Moocher〉大受歡迎，以獨具特徵的歌唱獲得"The Hi-De-Ho Man"的綽號。'40年開始請到Milt Hinton、Chu Berry試圖充實樂團的音樂。'50年後參加音樂劇和電影等的演出，發揮演藝人員的獨特才華。

Charles Mingus

查爾士・明格斯

大學二年級的時候，我曾經在新宿歌舞伎町的一家不怎麼起眼的餐廳打通宵夜工。從晚上十點到早上五點在惡劣空氣中工作，和沒趕上最後一班電車的醉客一起搭頭一班電車，回三鷹的住處。從秋末開始到第二年初春，就在那裏打工。所以每當我一想起那工作時，腦海中浮現的風景總是冬天。那年冬天既寒冷又孤獨，簡直沒有什麼快樂的事。

在那家店的附近有一家名字叫做「Pithecanthropus Erectus」的爵士小酒吧。「直立猿人」，當然是根據Charles Mingus的唱片名取的。除了爵士樂迷之外，相信一般人是不會記得這麼長一串名字的。這家店營業到相當晚，因此我有空時就會去那裡一面聽爵士一面喝咖啡。一九七〇年前後的新宿街頭有一股獨特的活力，在暴亂而猥雜中，仍有一種辛辣向前的勇猛勁道。自己周圍彷彿經常飄散著有什麼特別的事正在進行中的興奮空氣。

那家店是否實際播放Charles Mingus的「直立猿人」唱片呢？我已經不記得了。不過總之我每次聽到「直立猿人」LP時，就會忽然想起那家店的情形。新宿歌舞伎町的風景會在我腦子

Charles Mingus

裡醒過來。季節是冬季。

第一次聽「直立猿人」的LP是在高中的時候。老實說我還無法完全瞭解那內容，也沒有感覺多刺激。只是疑惑「這是怎麼回事？」而已。尤其對〈Foggy Day〉那執拗而吵鬧的幽默感覺，實在跟不上。那時候我想，爲什麼這麼端正的曲子，非要搞得這麼扭曲不可呢？

不過隨著年齡的增長，這張唱片不知不覺地咬進我心裡去。以前聽起來只覺得骯髒的聲音，和胡亂的樂句，逐漸變成「在這裡不可或缺的東西」了。不管聽誰演奏的〈Foggy Day〉，都一定會以Mingus版的〈Foggy Day〉當做一個基準典型，忽然浮現在我的腦子裡。眞奇怪。

這或許是因爲Mingus不相信〈Foggy Day〉這曲子的關係吧，我這樣推測。過去Lester Young曾經說過「吹這首曲子時，要把歌詞全部背起來一面唱一面吹」。說是要不然歌就無法傳達到對方的心裏去。但Mingus所做的，簡單說卻是完全顚覆Lester Young的世界觀。Mingus所顯示的不是原來的〈Foggy Day〉，而是重新排列組合後的〈Foggy Day〉。然而儘管如此，Mingus所演奏的〈Foggy Day〉和Lester Young熱情唱出的「演唱」版，具有同樣的文脈、溫暖而富詩情，筆直地傳到我們心裡，有血有淚。

或許被Mingus的音樂重新排列組合的，是我們自己也不一定。

PITHECANTHROPUS ERECTUS（Atlantic 1237）

查爾士・明格斯（1922～1979）

生於亞歷桑那州。'40年以貝斯手正式展開職業活動。'52年和Mack Roach設立「Debut」唱片公司，接著又和泰迪察爾斯組織Jazz Composers' Workshop，以作曲家、編曲家埋頭於自己的音樂，從此產生了名作「直立猿人」。往後並對種族歧視等社會不公現象感到盛怒，陸續發表了許多擁有強烈主張的作品。

Jack Teagarden

傑克・提戈登

Jack Teagarden 不僅留下許多傑出的唱片，同時並因參與 Louis Armstrong 全明星樂隊的演奏，以主要副手的傑出演出而聞名。不過除此之外，和短號演奏者Bobby Hackett一起錄的幾張唱片，也都非常好，我從以前就很愛聽。雖然不是劃時代的東西，但 Hackett 旋律的高品味及圓滑富搖擺感的演奏，和 Teagarden 那滿不在乎的個性所流露出來的演奏渾然化爲一體，產生無可替代的獨特美質。我想這就是音樂的醍醐味之一吧，不過現在好像幾乎沒有人會再熱心傾聽這種爵士樂了，也幾乎沒有人再談起了。會那樣珍惜地去聽 Keith Jarrett 的話，應該也會……不過事到如今我也不想這樣講了。

說到 Teagarden 和 Bobby Hackett，我首先（忽然）私下想到的是，LP「COAST CONCERT」（Capitol）裡的1首優美的抒情曲〈I Guess I'll Have to Change my Plans〉。一九五五年錄的這張唱片，領導者雖然是 Hackett，不過這首曲子Jack Teagarden大爲發揮帶頭主奏的作用，當然不負衆望地讓聽衆聽到流利的獨奏。首先由 Hackett 吹出開場，接著Teagarden以

M. Wada 92

Jack Teagarden

setter 的身分吹一個段落，娓娓道來簡直如泣如訴。其次 Hackett 又以單簧管意氣風發不服輸地吹出優美的一段。接著另一位伸縮喇叭高手 Abe Lincoln 勇往直前地使勁吹奏一段。他們一面分別保持原曲的旋律忠實地吹奏，一面使出渾身解數地各自展現各種即興變化表演，這一部分讓人感覺嚐盡酸甜苦辣，眞是好極了。絲毫沒有性急毛躁、或貪婪趕快的地方。

聽這個時代這些高手的演奏，我的心最被吸引的是他們的演奏非常「個人」(individual)。當然不管什麼樣的音樂家，都會有所謂自己的風格這東西。不管任何時代基本上都一樣。無論在任何地方你都找不到所謂不具風格的優秀音樂家。只是Hackett和Teagarden的演奏，似乎已經超越所謂單純的風格層次，而以「個人的生活方式」發揮機能似的，我不禁這樣感覺。在這裡固有的聲音扮演了很重要的角色。你不妨也試著傾聽看看Teagarden那傾訴般的、歌唱般的獨特音色和樂句。這麼徹底親密的爵士樂，現在似乎已經銷聲匿跡了。

這張唱片是Capitol公司邀請當時爲了慶祝南方傳統爵士節「Dixieland Jazz Festival」到西海岸訪問的Hackett到錄音室去，請他從聚集當地的音樂家中，選出他所喜歡的成員，隨他高興演奏他所喜歡的曲子，結果演奏通宵錄到天亮才完成的。在這樣的風雲際會裡，那些「個人主義者」眞是把工作做到令人刮目相看的地步。

Bobby Hackett and His Jazz Band, COAST CONCERT(Capitol T-692)

傑克・提戈登(1905～1964)
生於德州。'21年開始從事三重奏活動，'27年進出紐約，30年代參加許多唱片的錄音。參加過Paul Whiteman樂團、Louis Armstrong全明星樂隊，50年代後在自己的樂團主要從事Dixieland風格的演奏。確立了音色個性豐富和氣氛寬裕的伸縮喇叭爵士，被譽爲「Big T」，讓我們聽到感覺很溫暖的曲子。

Bill Evans

比爾・伊文斯

鋼琴家Bill Evans所擁有資質的最佳部份，出現在鋼琴三重奏的形式中，是大家顯而易見的地方。而且，如果要限定範圍的話，尤其是在迎接Lafaro這貝斯手之後的鋼琴三重奏。以唱片專輯名稱來說的話，可以舉出「Portrait in Jazz」「Waltz for Debby」「Sunday Evening at the Village Vanguard」「Explorations」這四張，光就錄音、製作這些唱片的事實來說，人們也應該記得所謂Riverside的水準吧。

在這些唱片中，Evans的演奏好得沒話說。人類的自我（而且可能還是抱著許多問題的自我），透過所謂才華這過濾裝置，變成稀有的美麗寶石紛紛掉落地上的樣子，我們可以清晰地歷歷目擊。而將那複雜精緻的過濾裝置完全stabilize（安定化），並與那內向性相對化、活性化的，正是Scott Lafaro如春天般溫潤、如森林般幽深的貝斯演奏。這新鮮的氣息，靜靜地將包圍在我們四周的世俗障礙解除，震撼深藏的靈魂。在這個時點不妨說，沒有Evans就沒有Lafaro，沒有Lafaro就沒有Evans——眞的是一生一世奇蹟式的邂逅。

M. Wada 92

Bill Evans

在他們相遇以前的Evans，基本上被定義的包勃慣用語彙（Bop idiom），在這裡眞是簡單的就解體了，新的地平線展現在他——同時也在我們——眼前。我們被解放了，脫掉了舊衣裳。我們的皮膚獲得了新顏色，我們的意識獲得了新細胞。其中含有澎湃得毫無道理說不通的熱。含有熱愛整個世界的心。含有銳利得足以切開整個世界的心。

遺憾的是Scott Lafaro死得太早（1961），兩個人這種令人驚嘆的interplay間奏飆奏只持續了幾年時光，Evans的完美主義結果蒙受災害，僅留下少數錄音而已。Lafaro死了以後，Evans雖然又找過幾位固定合作的貝斯手，然而像和Lafaro之間所產生的那種眞正自發的原創性，卻再也沒有出現過。當然後來Evans也留下若干優異的演奏，只是自從Lafaro以後，便再也不能在爵士樂迷前顯示比「自我的相對化」更新的光景了。雖然經常高水準地保持他纖細而內向的資質，然而過去那裡頭所含有的熱度卻消失了。正如已經逝去的僅有一次的宿命性戀情一般。

唱片「Waltz for Debby」，我還是喜歡像從前那樣用身體聽LP，而不是聽CD。這張唱片一面各三曲便告一段落，必須抬起唱針，物理上鬆一口氣，我覺得這樣才像「Waltz for Debby」這作品本來應該有的。雖然每一曲都很棒，不過我最喜歡的是〈My Foolish Heart〉。確實是一首甜蜜的曲子。不過肉體被咬得這麼深時，已經沒什麼話可說了。所謂愛戀這個世界，或許就是這麼回事吧。

WALTZ FOR DEBBY (Riverside RS-9399)

比爾・伊文斯(1929～1980)

生於紐澤西州。身爲一個鋼琴家,初期令人感覺受到Bud Powell的影響，後來逐漸確立自己獨自的白人風格。經過'58年參加邁爾士・戴維斯六重奏樂團之後，'59年組成包括貝斯手Scott Lafaro的三重奏。以優雅纖細而內省的觸感和緊密的相互間奏,顯示出鋼琴三重奏的新方向，留下歷史性的傑作，於'61年因汽車事故而失去Lafaro。

Bix Beiderbecke

畢克斯・比德貝克

當我上大學時，曾經在水道橋一家叫做「SWING」的爵士喫茶店打工。那是一九七〇年代開始的前後。這家店專門放傳統爵士樂，完全忽略Bop即興爵士之後風格的爵士樂，是一家很特別的店。連Charlie Parker和Bud Powell 都不行。

那是 John Coltrane和Eric Dolphy 被視爲絕對神聖的時代。一般顧客當然不會進來這種店。因此這家店彷彿是靠一些誓言忠誠的死忠顧客在勉強支撐著似的。不知道應該說是因此或者但是才好？音樂的質卻非常高。每天從早到晚，從店裡已有相當年代的喇叭（左右大小不同）播出毫不妥協、令人心情愉悅的，古色蒼然的音樂。然而對構成世間大多數的人來說，那只是無意義和缺乏效率的事而已。

我在這家店工作的期間，從零開始領教到古老爵士樂的樂趣。Sidney Bechet、Bunk Johnson、Pee Wee Russell、Buck Clayton……等。但對我而言，再怎麼說都是以能夠遇到Bix Beiderbecke的音樂爲最大的幸福。活躍於一九二〇年代，在混亂中僅以二十八歲的輕輕年紀就結

M. Wada 92

Bix Beiderbecke

束了生涯，那傳說性自我毀滅的酒鬼白人短號演奏者的聲音，一瞬間便已捕捉住我的心。

Bix音樂的卓越點，在於他的同時代性。當然音樂的風格是古老的。但他所紡織出、醞釀出的，卻真的是充滿原創性的聲音和樂句分節法，令人不覺得陳舊。那音樂所飄散的喜悅和哀傷實在非常鮮活生動，像汩汩湧出的清泉般滋潤，毫不遲疑、毫不羞澀地滲進此時此刻身在這裏的我們心中。那和懷古趣味是無緣的。

聽過Bix音樂的人，第一次很可能會感覺「這音樂不討好任何人」吧。短號的響法甚至奇妙得具有一種自立的、省察的程度。Bix所凝神注視的，既不是樂譜也不是聽眾，而是隱藏在生之深淵中秘密的音樂之芯似的東西。這種誠實是不分時代的。

要知道Bix偉大的才華，只要聽兩曲就夠了。〈Singin' the Blues〉和〈I'm Comin' Virginia〉。其他還有很多傑出的演奏，但卻找不到能夠超越他和異常卓越的薩克斯風演奏者Frankie Trumbauer 所搭檔演奏的這兩首曲子。那就像死亡、稅金或潮汐漲落般，是明確而不可動搖的真實。光在三分鐘的演奏中，就有一個宇宙存在。

這兩首曲子，收錄在美國哥倫比亞的「Bix Beiderbecke Story vol.2」中。我辭掉「SWING」時，收到這張唱片當做紀念禮物，珍惜地愛藏著，但在多次搬家之下，不知不覺間竟然從唱片櫃裏消失了蹤影。很遺憾，我也不清楚到底遺失在什麼地方了。

不用說，現在「SWING」也不見了。

BIX BEIDERBECKE 1927-1929（CBS／SONY 20AP-1804）

畢克斯・比德貝克（1903～1931）
生於愛荷華州。從幼年期就開始學鋼琴，15歲時得到一把短號，幾乎是自己摸索學成的。1923年參加The Wolverines樂團而廣受歡迎，後來活躍於Frankie Trumbauer、Paul Whiteman等幾個樂團。是爵士樂史上第一位確立白人爵士樂的天才，然而由於酒精中毒傷害了健康，使他的生涯短促，懷才未遇。

Julian Cannonball Adderley

朱利恩・加農砲・安德烈

朱利恩・加農砲・安德烈（Julian Cannonball Adderley）是天生擁有偉大才華而不可多得的音樂家，自由奔放的想像力，愉悅的技巧，和含帶美好溫暖的獨特調調……。然而他始終不是一位會讓聽者的存在基準從根本動搖，紡出「致命性」音樂的音樂家。是不是該說——很遺憾呢？或許。

在人性上他無疑是個很美的人。只要聽音樂就大致可以想像。所謂眞正傑出的音樂（雖然只是至少對我而言），說得極端一點，是死的具現。而且對我們來說，能夠讓我們容易忍受落入那黑暗底下，多半的情況，是從惡的果實所擠出的濃密的毒。是那毒所帶來的甘美麻痺，讓時序錯亂，強烈distortion（扭曲）。

然而這張一九六四年在洛杉磯「雪莉茲曼廳」演奏實況錄音的唱片，是我長久以來珍藏的愛聽盤之一。尤其是收錄在B面的Charles Leoyd的創作曲〈The Song My Lady Sings〉中，那

M. Wada '92

Julian Cannonball Adderley

一長段Cannonball的獨奏，有一種無法理喻的滲入心底的東西。我好像就是爲了這一首曲子，而不知道多少次將那張唱片放上轉盤的。

雖然這麼說，然而我並無意斷言這就是他所留下的最棒的獨奏。仔細聽來，可以發現接續上些微瑕疵的部分。年輕時候天馬行空般的燦亮，在這裡也找不到。但相對代替的是，從這音樂的邊緣，卻有甚至令人依戀的很人性的某種什麼，往外溢出來。雖是悄悄的，卻是豐潤的。

那個世界，像在遙遠的地方，令人懷念的房間一樣，只是靜悄悄的。當Cannonball震動簧片時，那每一個音符，便以高矮不齊的身段站了起來，不言不語地輕輕橫越地面往這邊走來。於是在你心的皺褶之間，用那柔軟的小手觸摸過去。半夜裡獨自一個人，手中一杯葡萄酒，耳朵傾聽著這張唱片時，一種和音樂同在的喜悅感，不禁由身體內部湧上來。其中加進Joe Zawinul的輕聲細氣、忍耐收斂地彈完的單一調子(Single tone)鋼琴獨奏，同樣也美得無與倫比。

Cannonball這個人，一直到最後，都沒有眞正作出如鬼神般有魅力的音樂。他以自然兒誕生於大地之上，並以自然兒度過一生，就那麼坦然地消失而去。至於推敲、省察之類，背叛、解體、韜晦或失眠之類的，並不是他音樂的得意之處。

然而，或許正因如此，那阿波羅式廣大的哀傷，偶爾以其他任何人都辦不到的特別手法，在完全出乎意料之外的地方，打動我們的心。溫柔地赦免，並靜靜地打動。

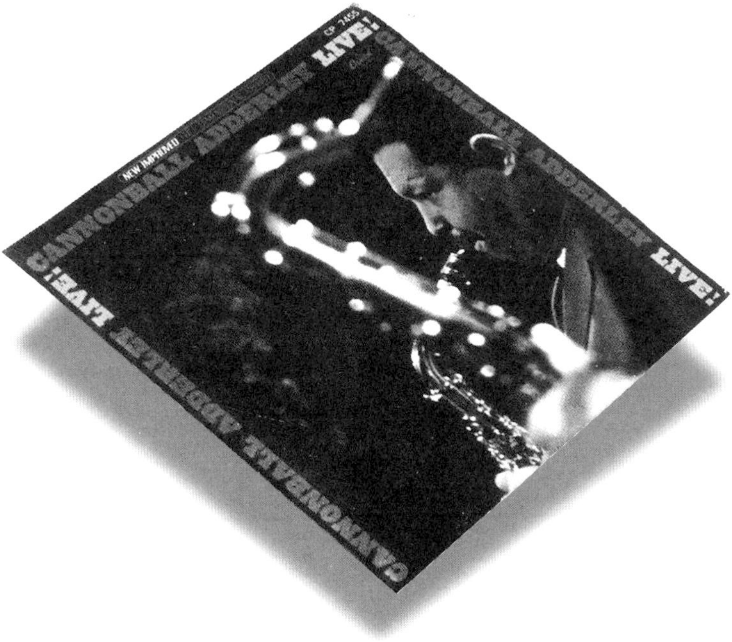

CANNONBALL ADDERLEY LIVE！ (Copitol ST-2399)

朱利恩・加農砲・安德烈(1928～1975)
生於佛羅里達州。'55年彷彿與該年死去的查理・帕克交替般地開始進出紐約，以豪放爽快的中音薩克斯風演奏而受到注目。經歷與弟弟短號手納特阿得雷(Nat Adderley)組團活動之後，在邁爾士・戴維斯之下，曾參與「Milestones」('58)「Kind of Blue」('59)等歷史性唱片的錄音。然後再度與納特搭檔，成爲Funky Jazz風潮中的重要角色。

Duke Ellington

艾靈頓公爵

所謂天才，往往是性急、焦躁而短命的，但艾靈頓公爵卻將他那才華洋溢的人生，眞正優雅地，眞正充分地，眞正自我步調地活了過來。實在可以說是盡情盡興地活得毫無遺憾……。而且那幾近奇蹟式豐富的音樂水脈，已毫不遺漏地普遍滋潤了廣大原野的每一個小角落。不用說對爵士史是一件值得慶賀的事。

但老實說，這樣巨大的人歷經如此漫長歲月的活躍之後，並不是沒有一點麻煩事的。因爲他有太多太棒的曲子，也留下太多太棒的演奏。毋寧說實在是過多了。因此如果要從艾靈頓公爵所留下的數量龐大的錄音之中，選出一張唱片時，我們簡直就像面對萬里長城的蠻族一樣，難免被壓倒性的無力感所襲擊吧？

因此我乾脆便以個人的喜好來做決定。

首先姑且大膽地限定(1)我所喜歡的艾靈頓公爵，是一九三九年後半到四〇年代前半的，既不太「難解」，也不太狂野，愉快而洗練的艾靈頓公爵。尤其是Jimmy Blanton加入樂團前後的東西

M. Wada

最好。⑵如果在那裏面要再限定的話，我最喜歡的LP就是RCA的這張，「In a Mellotone」。⑶如果還要更個人性地限定的話，那麼B面是我喜歡得沒話說的。總之這張唱片不管聽多少遍，奇怪就是聽不膩。當然樂團的成員也棒得沒話說。眞的是艾靈頓樂團的黃金時代。除此之外我們還能求什麼呢？

在「In a Mellotone」這張LP裡除了著名的主題曲之外，裏面還有〈All too soon〉〈Rocks In My Bed〉（床上的石頭）之類我所喜歡的苦澀曲子，和〈Solitude〉〈Satin Doll〉等艾靈頓所作的名曲，當然棒得沒話說。不過就算沒那麼有名的曲子中，也有幾首是能夠靜靜而確實打動聽者之心的名品。像這樣撥開草叢深入艾靈頓音樂之林——無比廣大的森林——憑著自己的耳朶一一去尋幽探秘發現屬於自己個人私密的名曲下去，也是極大的樂趣之一。

「Rocks In My Bed」中Ivie Anderson的歌，不管聽幾遍都會深深滲透你的心。她那直截了當得不可思議，而又根深柢固的藍調憂鬱聲音，就像潘尼畢卡多的美麗工藝品般，唱到和單簧管獨奏相纏綿時，那造化之妙已經達到了頂點。這裡絲毫沒有所謂的「奉承」。我們所目睹的，只是在與眞正優越的音樂近身相遇時，自然而然安靜湧出的深深共鳴和豐富慈愛而已。

IN A MELLOTONE (RCA LPM-1364)

艾靈頓公爵(1899～1974)
生於華盛頓DC。1927年至1931年他以自己的樂團在紐約哈林區的「The Cotton Club棉花俱樂部」做專屬演奏，深受好評。'40年前後他的樂團擁有響噹噹的成員，建立起黃金時期。之後直到死爲止，他幾乎都沒有所謂停滯期而持續活躍。雖然他主要是擔任鋼琴演奏，但正如他自己所說的「樂團本身就像我的樂器」一般，他以一個優秀的樂團領導者統帥著整個交響樂團。不僅在爵士樂領域，即使在本世紀所有的作曲家之中，他依然是最傑出者之一。

Ella Fitzgerald

艾拉・費滋潔羅

我個人所偏愛的Ella Fitzgerald的歌，是收錄在「ELLA AND LOUIS AGAIN」(Verve)中的佳曲〈These Foolish Things〉。這張「ELLA AND LOUIS AGAIN」正如題名一樣是艾拉・費滋潔羅和路易斯・阿姆斯壯，在錄音室快樂而搖擺的合演活動的「續集」，但只有〈These Foolish Things〉這一曲是路易斯不在的，艾拉一個人的獨唱。以舞台來說，恰是熱唱結束後路易斯在熱烈掌聲歡送下退到後台，而艾拉則獨自靜靜地步出舞台中央，照明悄然暗了下來——那種感覺。製作人諾曼格蘭滋(Norman Granz)最擅長這種頗有一點特別味道的演出。

背景伴奏是Oscar Peterson的四重奏，正規三重奏加上Louis Bellson的鼓，這伴奏相當出色。如同高級絲綢般，一面被歌聲的肌觸吻合地吸住，然而又沒有過度的糾纏。曲子好、歌手好、伴奏也棒。我第一次聽到這張唱片是在我還是大學生的時候，那時候對「所謂爵士樂，一旦對味了，居然能讓人感覺這麼舒服！」而深感佩服。到現在這種印象依然沒什麼改變。雖然聽了相當多遍，但整體上具有自然的說服力，很不可思議地不會聽膩。

N. Wada 97

Ella Fitzgerald

Ella和Peterson雖然都是具有極安定高水準實力的音樂家，然而往往正因如此反而容易流於過份技藝的傾向。雖然非常棒，簡直沒得挑剔，但這時候卻突然結束了，好像讓聽衆心中還留下一個沒有被滿足的陰暗地方，沒有完全傳達到聽衆似的。但以這〈These Foolish Things〉來說，我卻覺得從他們兩人都可以各別看出眞摯而良質的部份。

其實Peterson曾經在1952年同樣也以三重奏的組成，爲比莉・哈樂黛唱的〈These Foolish Things〉伴奏。比莉・哈樂黛的歌唱本身完全可以說是藝術品一般，絕對不會比艾拉遜色，令人感動得心都要撕裂的程度。然而Peterson的伴奏卻略有瑕疵。正在比莉・哈樂黛即將蘊釀出「某種特別的東西」時，可惜卻被Peterson年輕任性而略嫌饒舌、too much的鋼琴明顯地破壞掉了。

聽過這不諧調而令人心痛的比莉・哈樂黛盤之後，再聽到艾拉的〈These Foolish Things〉時，不得不再度感慨「人與人確實眞的有所謂合不合的適性問題」。後來，就我所知，比莉一次也沒有再和Peterson合演過，因此我相信她大概也深切覺得「這樣眞的不行」吧。而同時，Peterson在爲艾拉伴奏時，因爲是在比莉・哈樂黛盤的數年之後，在那期間，他也已經相當進步圓熟了吧。

仔細聽的話，可以聽出Ella和Peterson的〈These Foolish Things〉有幾處可聽的地方。尤其是「從鄰家公寓傳來彈鋼琴的聲音……」的地方，悄然插進來的鋼琴滑音間奏，每次聽起來，都覺得「眞棒」。技藝高超。如果是小說的話，應該頒給直木賞沒話說。

ELLA AND LOUIS AGAIN (Verve MGV-4018 VOL.2)

艾拉・費滋潔羅(1918～1996)

生於維吉尼亞州。'34年在紐約哈林區的「阿波羅劇院」主辦的業餘比賽中，歌唱才華被發掘，成爲Chick Webb樂團的專屬團員。以後以技巧性的Scat即興唱法，產生所謂的包勃唱腔"Bop Vocal"這語彙，以潤澤而感情充沛的抒情曲，被譽爲比莉・哈樂黛之後成就最高的歌手。在Decca和Verve等唱片公司留下無數名歌。

Miles Davis

邁爾士・戴維斯

不管怎麼樣的人生之中，總會有「失落的一天」。心中感到「以這一天爲界線，自己心中的什麼已經起了變化。而且也許再也回不到原來的自己了。」

那一天，我在街上繞著走了相當久。從一條街走到另一條街，從一個時刻走到另一個時刻。應該是很熟悉的街，看來卻像是從來不記得曾經看過的街一樣。

想走進什麼地方去喝一杯時，已經是周遭完全變暗了之後。我想喝威士忌加冰塊。在路上走一會兒，發現一家似乎是爵士酒吧的店，打開門走進去。是一家只有櫃台和三張桌子左右的，細長狹小的店，沒有客人的影子。正放著爵士音樂。

我坐在櫃台的高凳上，點了雙料伯本威士忌。並且想道「自己內部有什麼正要改變，大概不可能再回到原來的自己了吧！」威士忌一面流進喉嚨深處，我一面這樣想。

「想聽什麼音樂嗎？」過一會兒之後，年輕的酒保走到我前面來問我。

抬起臉，我試著想了一下。想聽的音樂？被這麼一說，確實也覺得好像有點想聽點什麼似的。

M. Wada 92

Miles Davis

但我此時此刻到底該聽什麼樣的音樂才好呢？我沒轍了。「'FOUR' & MORE」考慮一會兒之後，我說。那張唱片黑黑的陰鬱封套，首先——沒有什麼明確理由地——突然浮上我腦海裏。

酒保從唱片架上取出邁爾士・戴維斯的那張唱片，爲我放在唱機的轉盤上。我一面望著眼前的玻璃杯，和那杯中的冰塊，一面聽著「'FOUR' & MORE」的A面。那確實正是我所渴求的音樂。現在還這樣想。那時候該聽的音樂，可能除了「'FOUR' & MORE」就再也沒有別的了。

「'FOUR' & MORE」中邁爾士・戴維斯的演奏，深刻而痛烈。他所設定的節奏簡直異樣快速，幾乎可以說一副準備打架的態勢。背後一面承受著Tony Williams所刻出，像白色上弦月般伶俐的旋律，邁爾士・戴維斯一面將那魔術性的楔子，毫不容情地一一敲進空間中眼睛所能及的所有間隙裡去。他什麼也不求，什麼也不給。那裡既沒有可求的同感共鳴，也沒有可給的療傷治癒。在那裏有的只是純粹意義上的一個「行爲」而已。

一面聽著〈Walking〉（那是邁爾士・戴維斯錄音中最HARD且具攻擊性的「Walking」）我知道自己現在身體上沒有感覺到任何的痛。至少暫時是這樣，當邁爾士・戴維斯像著了魔似地，正在那裏割裂著什麼之間，我可以無感覺。又點了一杯威士忌。

雖然那已經是很久以前的事了。

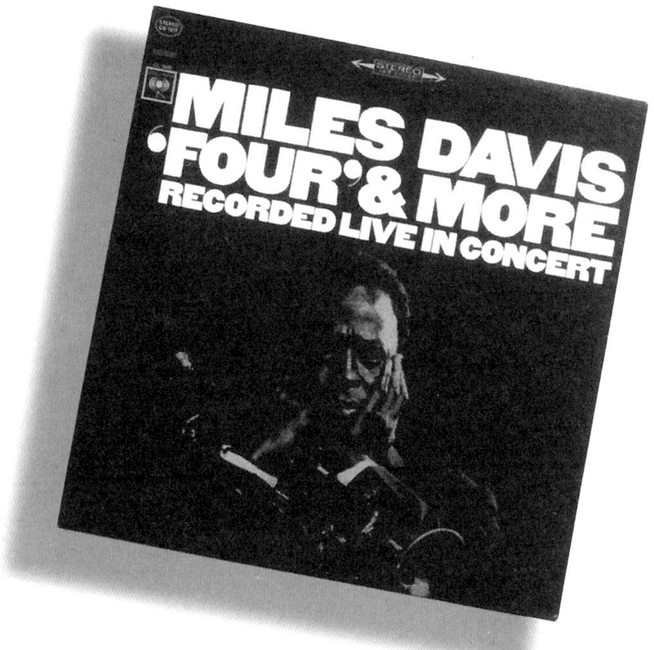

'FOUR' & MORE (Columbia CL-2453)

邁爾士・戴維斯(1926～1991)

生於伊利諾州。'45年開始在查理・帕克的樂團中吹小喇叭。'48年在Gil Evans的協力下組成以重視作曲編曲的歷史性九重奏團。經過Hard bop，'59年產生調式爵士(Mode Jazz)的傑作「Kind of Blue」。後來也大膽採取電子音響，經常持續牽引爵士樂的動向，留下大量唱片。'75年雖然退休，'81年又戲劇性復出。

Charlie Christian

查理・克里斯汀

一提到Charlie Christian，雖然在「Minton's Playhouse」的jam session，所謂「包勃爵士的黎明」早已聞名，不過收集他和Benny Goodman合作演出的幾首主要曲子，日本版的三張一組LP「Charlie Christian Memorial Album」的內容，也棒得毫不遜色。

在Benny Goodman 這一定的「體裁」中，從被分到的幾個合奏部份中的獨奏框架中，壓抑不住地湧出 Christian 自然而前進的歌心，吸引了我們的耳朵，直接向心中傾訴。雖然是五十年以上的舊日錄音了，但 Christian 的吉他獨奏已達到奇蹟式的高水準，現在聽起來幾乎大半依然不顯得老舊，而且超越所謂摩登、包勃、或搖擺等框架，眞是充滿知性、躍動、和興奮刺激。

很不幸的是Charlie Christian在二十五歲的輕輕年紀，就突然與世長辭。因此他的音樂生涯可以說非常短（正確說僅有一年八個月），但他所留下的演奏，卻給後世帶來極大的影響，當你在聆聽著Christian的演奏時，會發現「咦，這不是Barney Kassel嗎？這不是Herb Ellis嗎？這不是Kenny Burrell嗎？」也就是有許多部分反過來讓我們感到吃驚。仔細想想，直到五〇年代末期

MIN
PLA
M. Wada 92.

Charlie Christian

Wes Montgomery 奏出 octavo 八度音程合音爲止，爵士吉他手或多或少都受到Christian 的符咒（那嶄新而豐富的創意和技巧）所著迷而無法逃出他的影響。就像在Ornette Coleman 以前的中音薩克斯風演奏者，都無法逃出查理・帕克的符咒一樣。

可以說閃亮如流星一般，收在這組「Charlie Christian Memorial Album」裏的演奏，每一首都具有一聽的價值，其中我尤其喜歡一九四一年一月康特貝西(Count Basie)擔任鋼琴演奏時的熱烈合奏。BG(Benny Goodman)率領臨時編成的六重奏，成員包括貝西、Cootie Williams(tp)、Georgie Auld(ts)、Christian、Artie Bernstein(b)、Jo Jones(ds)，這極有趣的人物組合——也就是當時BG的固定搭檔，加上貝西旋律部的混合部隊。結果黑人樂手人數較多，因而音色也自然顯得略黑，旋律變得黏黏的。

尤其是簡單而快調的riff疊句曲目〈Breakfast Feud〉在幾個技巧上，貝西和Christian的互相呼應，既優異又先銳尖端，好得不得了。他平常在固定的BG成員中演奏時的曲子當然也值得聽，但和具有獨特時間感覺而撼動地心的貝西的旋律部合作時，Christian堅實如號角般的呼應飆奏，眞的可以用「連骨頭都要搖散了」來形容最貼切。引爆熱烈沸騰的搖擺火山岩漿，成爲爵士樂尚在「英雄傳」時代的貴重記錄。

CHARLIE CHRISTIAN MEMORIAL ALBUM
(CBS/SONY 56AP-674～6)

查理・克里斯汀(1916～1942)
生於德州。'34年成爲職業吉他手，'39年被Benny Goodman樂團以破記錄的高薪聘請。工作之餘並經常在「Minton's Playhouse」和Dizzy Gillespie等幾個人，展開即興演奏(jam session)，在旋律和節奏等多方面創造出確立摩登爵士樂基礎的革命性吉他奏法，爲後世留下遠大的影響，然而由於飲酒過度和毒品而損壞了健康，年紀輕輕便過世了。

Eric Dolphy

艾瑞克・杜飛

一提到 Eric Dolphy，我腦子裡幾乎就會反射性地浮現這張「OUT THERE」Prestige 初期的LP。當然因爲音樂內容很傑出，不過同時（或者該說是更甚）則是原始唱片封套的印象更令我難忘。這封套該說是超現實主義的，或有點類似達利風格的畫，浮在空中的低音大提琴(contra-bass)船上，Dolphy 乘在上面，好像以一副爲難的表情吹著薩克斯風。帆是另一把大提琴(cello)，屋頂是鐃鈸(cymbal)，由側壁突出法國號(horn)，船底一支長笛(flute)像不祥的水蛭般緊緊黏貼在上面，航行的軌跡飄著樂譜。山丘上代替燈塔聳立著的是節拍器。總之整體的調子非常暗。簡直像太空的邊緣（或者電燈快要熄滅的儲藏室）一般暗。

雖然畫自然散發著這樣的氣氛，但老實說，我並不覺得技術上有多優越。而且，也不覺得具有足以彌補技術力不足的獨創性想像力。畫家的名字也沒有附註。只有在唱片套的角落可以讀出「Prophet」（預言者）這簽名而已。一定是爲了這張唱片而請一位不太有名的年輕畫家創作的畫——因爲當時的 Prestige 唱片公司還沒有爲唱片套的設計支給高額酬勞的經濟餘裕——所以連

M. Wada '92

Eric Dolphy

名字都沒有記載，可能就那樣被忘記了。

不過不知道爲什麼，我的心卻被這封套吸引住了。而且一提到 Eric Dolphy，我腦子裡就會突然浮現這張作者不明的「達利風格」的畫來。這樣說的話也許有點過份，不過從 Eric Dolphy 這個人特別不同的地方，從他的前衛藝術方面，從他的認眞，和始終特立獨行，還有略微含有可疑（無論好壞）的藝術風格裏，這張畫的調子，雖然說不上巧妙，但我卻覺得搭配得非常不可思議。假如這張畫是由一流的畫家，或眞正由達利所畫的話，或許我的心就不會這麼被吸引也不一定。眞是不可思議。

此外這張唱片套的背面，也印著有 Dolphy 自己這樣的一段話。

「好像有什麼新的事要發生。我不知道那是什麼。不過那是新的東西，是優異的東西。而且正在發生。就在這之間，能夠置身於紐約這裡，眞的是一件很棒的事。」

這張唱片錄音的時間是一九六〇年八月，保守的五〇年代終於宣告結束，就在約翰甘迺迪當選總統的稍前。長久以來一直無奈地在陰暗的地方，過著下層生活的 Eric Dolphy，這時候也開始被燈光照到了，同時音樂上也有了飛躍的成就。然而他充份發揮才華的時期卻未免太短了，六四年六月他因心臟病發作而去世。

我們或多或少，都生活在宇宙邊土之上吧。每次聽 Eric Dolphy 時，我都會禁不住這樣想。

OUT THERE(Prestige/New Jazz 8252)

艾瑞克・杜飛(1928～1964)

生於洛杉磯。'58 年加入 Chico Hamilton 的樂團後，從'60 年起隨著參加 Charles Mingus 的團體，而與 Ornette Coleman 合演。後來組成自己的樂團。同時也和 John Coltrane 合奏。一面守著傳統的調性世界，一面注入新的手法，成為自從 Charlie Parker 以來，負責聯繫 HARD BOP、MODES 和 FREE 等革新性爵士的重要角色。

Count Basie

康特・貝西(貝西伯爵)

不管是多麼虛幻無常的行爲，只要追根究柢地去思考，也總有它自己的道理存在。正如毛姆在什麼地方寫過的那樣「任何刮鬍刀都有它的哲學」。

「聽康特・貝西的音樂」這行爲，當然也附屬有哲學。那就是，康特・貝西的音樂，在情況允許的範圍內最好盡可能放最大音量去聽。並不太難的哲學。卻是毫不含糊的眞實。爲什麼呢？因爲康特・貝西所製造出來的音樂，所包含的最傑出特質，就在那音樂性的「風壓」中。你坐在喇叭前面，正聽著康特・貝西樂團的音樂，如果一不小心被那強風震飛起來（就算只有幾英吋也好），一定會當場頓悟康特・貝西樂團的眞正意義。而且爲了親身感受那風壓，一定會覺得——最好把音量盡可能放大。

但這和「康特・貝西樂團是音量很大的樂團」並非同義。或許也有其他比康特・貝西樂團奏出音響上更有威力，物理上更大聲的大樂團吧。反過來說，康特・貝西樂團眞正傑出的部份，我覺得是在那聲音小的地方。他們有多溫柔，多細心體貼，又自然地堆積微小聲音下去的？而且還

M. Wada '92

Count Basie

能使那聲音，簡直就像開朗的拷問者那樣，讓聽者厲害地搖擺到骨髓裏去……，好好坐定下來仔細聽一聽，那手法之高明，眞的只有一再令你驚嘆佩服而已。

所以唯有那由靜轉爲動，號手毫不遲疑狂野而無節制地咆嘯著時，我們會冷不防跌進那巨大落差的動態中。在還搞不清楚狀況之間，已經被震飛出去了。唯有這不管小聲也好、大聲也好，都同樣認眞大膽搖擺的絕技，是任何傑出大樂團都模仿不來的。也許只有來自Kansas City的康特・貝西「伯爵」(Count Basie)才有可能辦到。

在那樣的文脈中，我最喜歡的，是這張Verve的「BASIE IN LONDON」。雖然康特・貝西有幾張傑出的現場演奏錄音盤，但以歡樂的觀點來聽則盡在這張中。如果借用一下老爵士樂手的常規來表現的話，就是搖擺得「會讓身體搖壞」的演奏。雖然好像嫌囉嗦，不過我還是要再說一次，音量最好盡量放大。演奏的每個細節都棒，特別是LP的A面第六曲，那令人喘不過氣來的怒濤般的迫力，更是壓軸好曲。那麼曲目由〈Shiny Stockings〉轉爲〈How High the Moon〉。我不多說太難的話，一手拿著啤酒罐，任由身體沉入沙發裏，把音響的音量提高，只要盡情置身在音樂的洪水中，這個世界就是天堂了。

BASIE IN LONDON(Verve MGV-8199)

康特・貝西(1904～1984)
生於紐澤西。'20年代在肯薩斯城(Kansas City)參加了Walter Page、Bennie Moten等的樂團之後，'35年組成自己的樂團。雖然'50年曾經有一段期間解散樂團，並經歷'60年代的音樂停滯期，但他依然以一個傑出領導者，和能以極端少的音數讓節奏生動活起來的風格獨具的鋼琴家，經常讓樂團賣力地繼續swing下去。

Gerry Mulligan

傑瑞・穆利根

我記得第一次在唱片套上看到 Gerry Mulligan 的照片時，確實覺得非常耀眼。金髮修剪整齊，身材修長的青年——身上穿著儼然一副長春藤名校制服般的筆挺西裝，白色扣領襯衫，黑色細長的針織領帶。那有點頑固有稜有角的下顎，和年輕輕的淺藍眼珠。手上拿著閃閃發亮的的巨大低音薩克斯風。一切都是那麼的帥，那麼清潔而酷。時代還是一九六〇年代初，因此 Gerry Mulligan 所表現的美國式樣子，和我所住的現實世界，簡直距離好幾光年之遠。

因此，提到Gerry Mulligan，對我來說，與其音樂不如那姿態（印象）更先出現。浴著加州豔麗的陽光，超級酷的演奏爵士的永遠的青年。那姿態沒有一絲瑕疵，沒有一點烏雲。能稱得上陰影的，只有音樂帶來的美麗的哀愁而已……。

實際上的Gerry Mulligan，相當長一段時間一直被生活的苦楚以及毒品和精神的挫折所惱，這是我很久以後才知道的。他曾經入過獄，爲了活下去，可以說名副其實不得不弄得傷痕累累。在他年輕時候所度過的日子裏，爵士這種音樂雖然充滿了無比的活力和創意，但在那個時代卻仍

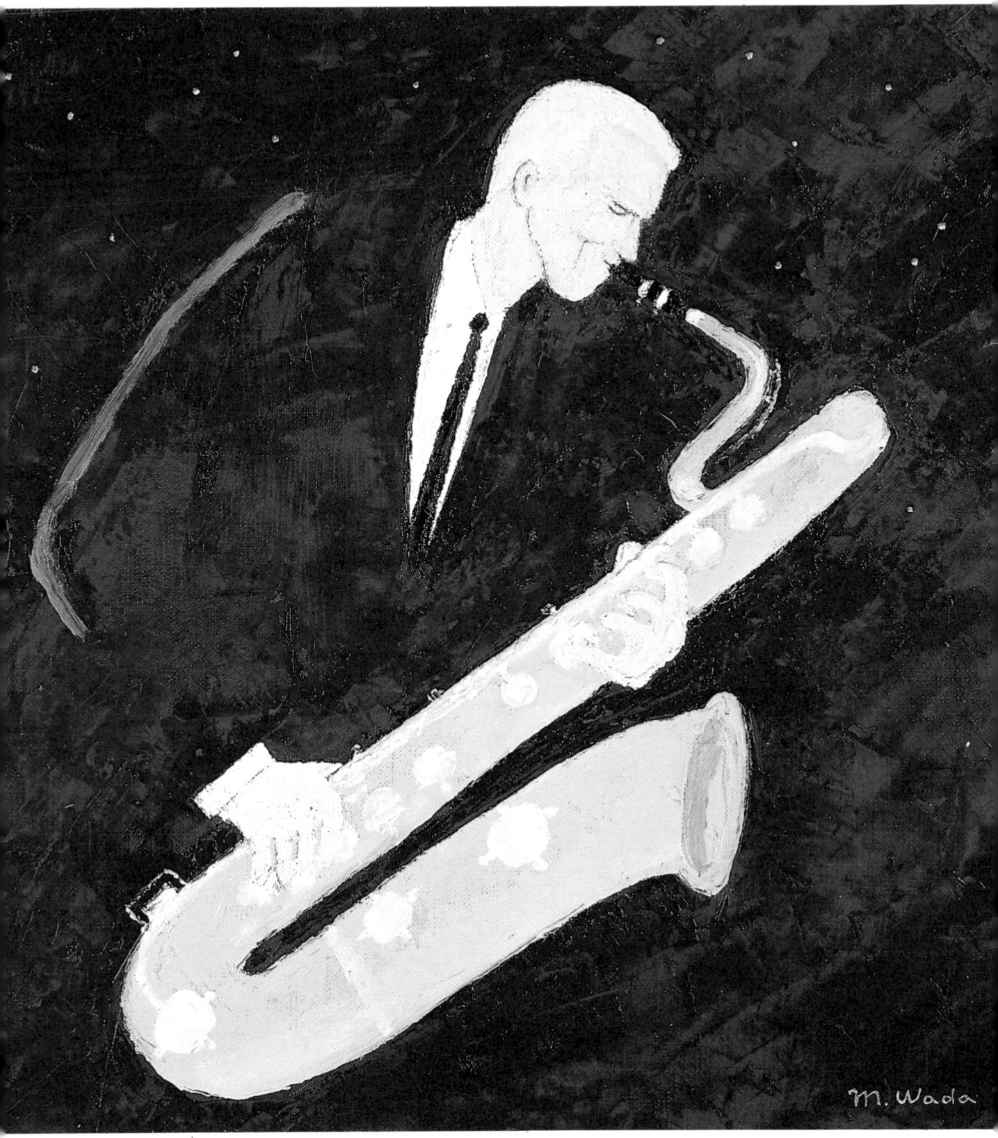
M. Wada

Gerry Mulligan

被視爲美國文化中的「地下」般，被粗魯無禮地對待。不過從照片上卻什麼也看不出來。從音樂上也絲毫聽不出來。

我們從Gerry Mulligan的音樂一貫能感覺到的，是那內省的靈魂的氣息。是對音樂深刻的尊敬之念，是背脊挺得筆直的高潔。和Pepper Adams那乾脆而麻利的調調比起來，同樣是低音薩克斯風手，Mulligan所紡出來的調子，則顯得內涵深沉而優雅。有時候甚至出現過於認眞的一面，然而其中確實有說服力。

我聽到Gerry Mulligan的實際演奏，是在一九八〇年代後半，他率領大樂團在斑尾高原參加「Newport Jazz Festival」的演出時。領導自己的大樂團，對編曲出身的Mulligan來說是多年的夢想。雖然最後他在經營方面並不成功，不過至少在他實現之初，顯得非常快樂。盛夏的野外音樂會中，滿臉鬍子已經不再年輕的Gerry Mulligan，領著只有他一半年紀的音樂家們，像自己的樂器般，愉快地駕御。

Gerry Mulligan所留下的唱片，幾乎沒有一張不是佳作。不過在辛苦疲勞的一天結束後，我在小玻璃杯中注入單份麥芽威士忌時，喜歡把這張「WHAT IS THERE TO SAY?」放在唱片轉盤上。Art Farmer溫柔的小喇叭和Gerry Mulligan深夜般優雅的中低音薩克斯風的聲音，便傳到我們靈魂低窪處般的地方。唯有傷痛的靈魂才知道藏在何處的，那隱密的地方。

WHAT IS THERE TO SAY?(Columbia CL-1307)

傑瑞・穆利根(1927～1996)
生於紐約。40年代在Gene Krupa樂團擔任作曲編曲，'48年參加邁爾士・戴維斯的九重奏團，一面從事編曲一面擔任低音薩克斯風手。'52年在西海岸和查特‧貝克等組成劃時代的無鋼琴四重奏。以對位法式的組合重奏達成輝煌成果，爲西海岸爵士樂帶入盛況。後來回到紐約，也在大樂團留下優越的作品。

Nat "King" Cole

納金高

說到納金高，我第一次聽到他的歌是〈Pretend〉、〈Too Young〉等甜美而浪漫的流行歌曲。這些歌從電晶體收音機（當時是最新商品）播出來。那是一九六〇年左右的事。那時候納金高的本業爵士鋼琴幾乎已經呈休業狀態，他以那略帶鼻音的黃金嗓子，在大樂隊或弦樂隊的伴奏下，爲Capitol唱片公司錄了許多流行歌曲。只要經由納金高一唱出來，不管什麼歌都會不可思議地變得甜美動人。例如甚至像〈Ramblin' Rose〉那樣的歌。

我記得我把〈國境之南〉(South of the Border)也當成是他的歌在聽，以那記憶我寫了《國境之南、太陽之西》的小說，然而後來人家指出Nat King Cole並沒有唱〈國境之南〉這首歌，（至少沒錄成唱片）。我想「怎麼會？」一查演出名錄，才驚訝地發現他眞的沒唱。他雖然出了好幾張拉丁專輯，但不知道爲什麼卻唯獨遺漏了〈國境之南〉。

這麼說來，我是根據現實上不存在的東西，寫出了一本書。不過——並不是我在爲自己辯解——以結果來說，我覺得反而是這樣比較好也不一定。因爲所謂看小說這種事，終究是把不存在

M. Wada 97

的世界的空氣，當做存在那裡般吸入的作業啊。

這張LP「After Midnight」是在一九五六年錄的，對於在Capitol成爲歌星之後的納金高來說，是爵士樂要素最濃厚的一張唱片。成員的組合很棒。平常正規旋律部（不用說鋼琴是納金高），受邀的獨奏客人，是Harry Edison、Willie Smith、Stuff Smith等各方面的樂手。不過份豪華，不過份樸素，不過份誇張表現，但卻有別人無可代替的高難度才藝——眞的可以說是美好時代職業高手的傑出佳作。

不是jam session爵士樂的即興演奏會，但在每一曲都有一個人獨奏的趣旨下，請想像一下，就像工作完畢要回家的音樂家，一時心血來潮信步彎過去爵士俱樂部，卻被朋友拉上台去，輕鬆地「玩票」演奏幾曲的氣氛。這方面的企劃，也做得很周全，很愉快。

其中我覺得最出色的，是〈Sometimes I'm Happy〉中Stuff Smith的演奏，過去錄過的爵士小提琴中，這是最具說服力的之一。認爲「爵士小提琴算什麼」的人務必請聽聽看。Smith那亮麗飽滿的小提琴音，在納金高咬字非常清晰而用心仔細唱出歌詞的每一個字句背後，不黏不離，然而潤澤而深遠，唱出了人們心中的震顫。每次一聽到這首曲子，我就不禁有一種感覺——好像又想再談一次戀愛似的。

AFTER MIDNIGHT(Capitol W-782)

納金高(1917～1965)
生於阿拉巴馬州。'39年和Oscar Moore等組成King Cole Trio，成爲以鋼琴、吉他、貝斯，三者對等演奏的現代化鋼琴三重奏的原型。後來成爲熱門流行歌手，以他甜美低沉而性感的嗓音風靡一世。但這段時期的他也以爵士歌手表現傑出，同時受到Earl Hines的影響，也是一位堪稱調子俐落輕快充滿搖擺感覺的一流鋼琴演奏家。

Dizzy Gillespie

廸吉・葛拉斯彼

四〇年代風靡一時的包勃爵士樂（Bebop／Bop）最鮮明的代表性音樂家，說來還是Dizzy Gillespie。頭戴藍色貝雷帽、眼架豪華黑框眼鏡、下巴留著山羊鬍子、身穿寬鬆的阻特裝（zoot suit）、小喇叭老是做怪地朝上吹，還有那在舞台上標新立異的言語舉動，已經不只是他個人的商標，也成爲當時音樂風景中印象最深刻的記號之一。

不過話雖如此，事隔五十年的歲月試著俯瞰下來，自然兒查理・帕克所留下的傑出開創性演奏，無論在深度或廣度上，都凌駕Gillespie多彩多姿才氣煥發（有時並以充滿知性取勝）的演奏，這是任誰看來都顯而易見的。如果說查理・帕克是光輝燦爛的神話的話，那麼Dizzy Gillespie則是優秀傑出的傳說——或許可以這樣表現吧。

其實如果聽過帕克和Gillespie同台演出的音樂就知道，他們兩人彼此非常敏銳地互相啓發，互相補足。當帕克在那芳醇的旋律和印象的泉源中快要窒息、溶化時，Gillespie便適時吹進新鮮空氣，穩住框架。當霧靄籠罩下來時，便又以尖銳的刀峰將其切開。確實Gillespie可以說扮演的

M. Wada 9

Dizzy Gillespie

是比較吃虧的角色。在帕克、包威爾、孟克等，各有怪癖的「人畜有害」的英雄好手們率性表演的當時，另一方面比較正常而具有平衡感的他，不管願不願意也只好接下發言人的角色了。

雖然如此，Gillespie 的音樂所散發的野性，一種暴動性的狂亂，又是誰也無法模仿的特色，那是從靈魂深處噴出、湧出的難以壓抑的東西，不是人爲可以作出來的。Gillespie 的音樂眞正的魅力，我想就在於這樣的原始性，加上冷酷的現實性，相互排斥又自然融和的奇妙結構之中吧。如果說帕克的音樂裏缺少了什麼東西的話，或許就是這種道理也說不通的自我矛盾和混亂。

說到帕克死後，與其小編組樂團的即興演奏中 Gillespie 的演奏，我覺得更欣賞他所主宰的中編組樂團到大樂團規模的演奏。那樣規模編制的爵士，在那個時期已經不是主流了，這對 Gillespie 來說雖然又是一個不幸，不過演奏本身的水準卻極高，在那具有重大量感的戰鬥性樂音的集合中，我們可以聽出魔術般靈魂的深沉鼓動。其中有熱鬧的節慶、有鎮魂、有扣人心弦的爛熟。可惜的是，那裡頭帕克的東西已經不存在了。

這張 Newport 現場演奏實況錄音盤，擁有 Lee Morgan、Benny Golson 等充滿活力的年輕樂手，從中可以充分品味身爲統籌總監，並身兼獨奏者的 Gillespie 的戰鬥性和深厚功力——解體與總合。

AT NEWPORT (Verve MGV-8242)

迪吉・葛拉斯彼(1917～1993)
生於南卡羅來納州。經歷過 Cab Calloway 等的樂團，於'44 年參加 Billy Eckstine 樂團，次年從組成自己的大樂團前後開始，也和查理帕克一起成爲 Bebop 爵士樂的中心角色。後來並擔任文化使節，對提升爵士樂的地位貢獻良多，畢生都以偉大的小喇叭手活躍樂壇。開朗的個性，和鼓著兩頰演奏的姿勢深受大家熱愛。

Dexter Gordon

戴斯特・戈登

Dexter Gordon總是給我樹木的印象。而且是聳立在原野正中央的高大老樹。個子高高的，很適合戴帽子，英俊、沉默而酷酷的次中音薩克斯風手Dexter Gordon，尤其晚年吸毒成癮的傷痕和國籍脫離者的孤獨，使他給人的印象簡直像樹影般安靜地落在脚邊的地面。

我開始喜歡主動去找Dexter Gordon的音樂來聽，是上了大學之後。在校園紛爭正熱，周圍的人們都在爵士喫茶店熱心傾聽著John Coltrane或Albert Ayler的音樂那時期，我則專注於更遙遠以前的Bop Jazz。我最初聽的Dexter Gordon是Savoy盤。年輕的Dexter幾乎不知道有什麼東西叫可怕的，隨心所欲自由自在地吹奏「Dexter樂句」。和搭檔Wardell Gray那會燙傷人般熱情狂野的次中音較勁飆吹的〈THE CHASE〉也很棒。當然Charlie Parker固然格外出色，但Dexter則是對我個人來說的英雄之一。只要光是耳朵聽見「Dexter Gordon」的名字，就不知道爲什麼胸口會熱起來。從那聲音中可以很清楚地聞到爵士樂的硝煙味(gun smoke)。就像「Alfa Romeo」的名字，會讓愛車者的心騷動一樣。

M. Wada 92

Dexter Gordon

不過我覺得我對 Dexter 的後期相當冷淡。因爲我腦子裏經常有他年輕時候的活躍姿態。進入六〇年代，演奏風格刻意革新後的Blue Note時代的錄音確實經常聽，但那以後他的演奏我已經無法積極投入了。我感覺到那裡失去了什麼。

失去的東西可能是那「硝煙味」，還有胸中的騷動吧。Dexter所主演的電影《午夜旋律》(Round Midnight) 看到最後實在相當難過。因爲那對我來說，首先不是電影怎麼樣的問題，而是一種喪失的紀錄。只不過是對已經被吞進時間流沙中的東西的一種缺乏氣味的描摩而已了。不過當然，那不能怪誰，並不是任何人的錯。

雖然如此，在這裏若要挑一張 Dexter Gordon 的唱片，我決定選他晚年——連我都覺得不可思議——一九七六年錄音的哥倫比亞的現場演奏盤。以質來說，其實可以舉出很多張他更傑出的演奏盤，但文章寫到這裏，卻越想越覺得「不能不選這張」了。以表示對Dexter Gordon 這樣一位孤高而誠實的音樂家的敬意。

這是他離開很久之後重返美國，登上紐約的「Village Vanguard」舞台，以Woody Shaw 和 Louis Hayes 熱烈的例行雙頭樂隊 (Rene Mclean 除外的組合) 爲背景，超出尋常高昂興奮地盡情吹出的Our Man，Long Tall Dexter，其中毫無疑問地，有gun smoke硝煙氣味。

HOMECOMING(Columbia PG-34650)

戴斯特・戈登(1923～1990)

生於洛杉磯，'40年代以次中音薩克斯風演奏者活躍於Billy Eckstine樂團。和同爲次中音薩克斯風演奏者Wardell Gray的合奏也相當受歡迎。'52～'60年經歷過毒品禍害的停滯期，之後再度復起。自從錄完「OUR MAN IN PARIS」('63)之後便定居歐洲。這是他多年後返回美國的兩張一組現場錄音盤「HOMECOMING」('76)。晚年雖已失去健康，但因主演電影《午夜旋律》('86)而成爲話題。

Louis Armstrong

路易斯・阿姆斯壯

Louis Armstrong在十三歲時由於某種無聊的惡作劇而被警察逮捕，送到紐奧爾良的「少年之家」。在「少年之家」的生活，對一向受到母親寵愛的Louis來說眞是旣嚴格又難過，然而由於和樂器的相遇拯救了他的孤獨。從此以後，音樂對Louis來說，便如同空氣一般不可缺少了。

Louis進入「少年之家」的樂隊，最初接觸的樂器是鈴鼓(tambourine)。終於改爲鼓，其次才變成喇叭。在院裡有一次因爲吹起床、吃飯、熄燈號的喇叭少年有事不在，Louis臨時突然被任命負起這個任務。他急忙熟記喇叭的吹法，漂亮地達成這個代理任務。

不過不只是這樣。他不得不發現周圍人們的生活逐漸發生不可思議的變化。自從Louis每天吹喇叭以來，不知道爲什麼大家都變得心情非常愉快地醒來，又心情非常安詳地上床入睡。爲什麼呢？那是因爲Louis所吹的喇叭音色實在太自然，實在太潤滑的關係。

我非常喜歡這則軼聞——是在史達滋塔凱的《Giants of Jazz》(1957)書中介紹的。關於Louis Armstrong所作出的音樂，這個軼聞幾乎道盡了一切。快樂、安詳、自然、滑潤——而且

M. Wada 92

Louis Armstrong

最主要的是那好像能夠完全改變人們心境般的，奇蹟式的「magic touch」。

Louis Armstrong 的音樂，總是不變地讓我們感覺到「這個人是眞的打內心底下喜歡演奏音樂的」。而且那歡喜深厚得具有強烈的感染性。邁爾士．戴維斯雖然尊敬 Louis Armstrong 的音樂，卻對他在舞台上向白人聽衆露齒而笑的藝人性提出嚴厲批評。不過我想像 Louis Armstrong 可能眞的是快樂得不得了。或許他覺得自己能這樣活著，這樣創作音樂，光是能讓人們側耳傾聽就覺得幸福得不得了，在思考任何事之前，首先就很自然地露出牙齒微笑起來了。

Louis Armstrong 幾乎是和紐奧爾良的遊行樂隊一起成長的最後的爵士音樂家。那是爲邁向墓地的送葬人群提供鎭靜心靈，和爲從墓地回來的人們喚醒內心對人生再度燃起無盡喜悅的實用性音樂。Louis 音樂的目的只有一個，只要那音樂能傳入人們耳裏、傳入人們心中，就行了。

小喇叭手經常把自己的樂器叫做「chopper」，就是指切碎肉的菜刀。請務必聽一聽一九二八年錄音的「West End Blues」乾脆而粗壯的演奏。就一定可以理解他手上握的到底是多麼強韌的刀子。而且也可以從中瞭解他所感覺到的是多麼大的幸福了。

A PORTRAIT OF LOUIS ARMSTRONG
1928(CBS/SONY 20AP-1466)

路易斯・阿姆斯壯(1900～1971)

生於紐奧爾良。'24 年進入 Fletcher Henderson 樂團，'25 年在芝加哥錄了第一張主奏的作品。從此以後 20 年代他的樂團所錄的演奏音樂，眞的可以說已成爲今日一切爵士樂原型的決定性演奏。綽號叫 Satchmo。他不僅是一位偉大的小喇叭演奏者，同時也是爵士樂史上最初的天才音樂家，包括他的歌聲對爵士樂的影響都無法估計。

Thelonious Monk

瑟隆尼斯・孟克

曾經有一段時期我被 Thelonious Monk 音樂的聲響宿命性地吸引。每次聽見 Monk 那種獨特凸出──從奇妙角度有效削鑿堅硬冰塊──的鋼琴聲時，我就想道「這就是爵士樂啊」。甚至因此而得到溫暖的鼓勵。

濃濃的黑咖啡，塞滿煙蒂的煙灰缸，JBL的整組大喇叭，讀到一半的小說（例如 Georges Bataille、William Faulkner），秋天第一次穿上身的毛衣，還有在都會一角冷冷的孤獨──這樣的情景，一直到現在依然令我立刻聯想到 Thelonious Monk。很棒的情景。就算在現實上幾乎不與任何地方有聯繫，但那就像是一張拍得很好的照片一樣，以美好的均衡收藏在我的記憶中。

Monk 的音樂頑固而優美，具有知性的偏執，雖然我不知道爲什麼，但出來的東西都非常正確。那音樂非常能夠強烈說服我們的某個部分。如果用比喻的話，就像毫無預告便忽然現身，並在桌上咻地擺出什麼非常奇特的東西，然後又一聲不響地消失無蹤的「謎般的男人」一樣。以 Monk 爲主體的體驗，正是接受一種神祕。雖然 Miles Davis 和 John Coltrane 確實也是傑出的

M. Wada

Thelonious Monk

天才音樂家，但他們從來沒有一次在眞正的意義上是個「謎般的男人」。

Monk 的音樂從什麼地方開始失去他本來的光輝，謎不再是謎的？老實說我也記不清楚。雖然他後期的作品「UNDERGROUND」我非常喜歡，但那前後的東西很不可思議卻不在我的記憶中。正如 Monk 的身影在不知不覺間已隱入雲霧中一樣，那種情景的神秘性和均衡感也已逐漸一點一點地消失而去。於是那漫無邊際無從掌握的非神話性時代（一九七〇年代）便來臨了。

我買這張「5 BY MONK BY 5」主題左右對稱的LP，是在新宿的花園神社附近的 Marumi 唱片行。因爲是進口盤，對當時我的荷包來說是相當貴的。本來打算買 Red Garland 的 Prestige 盤。但老闆卻對我說教——「你這麼年輕，別買那麼無聊的東西。買這張回去好好聽吧。」幾乎是被強迫買的，眞是奇怪的老闆。

不過確實正如他所說的。這張LP我反覆聽了相當多次，但不管聽多少次都聽不膩。在所有的音節，所有的樂句中，都滲滿了要溢出來的豐沛營養。而且以年輕人的特權，我毫不保留地把那營養盡情地吸進我細胞的深處。那時候我即使走在街頭，腦子裏也團團轉著 Monk 的音樂意象。不過就算我想對誰傳達 Monk 音樂的傑出地方，也無法以適當的語言表達。

當時我就想這也是孤獨的一種切實的形式啊。不壞。雖然寂寞，但不壞。我覺得自己當時似乎一味在收集各種孤獨的形式似的，一面吸著堆積如山的香煙。

5 BY MONK BY 5(Riverside RLP-1150)

瑟隆尼斯・孟克(1920～1982)
生於北卡羅萊納州。'40 年在哈林區的「Minton's Playhouse」俱樂部當駐店鋼琴師，嶄露頭角。'47 年第一次領導樂團錄唱片。他不僅是〈Round Midnight〉〈Blue Monk〉〈Ruby, My Dear〉〈Epistrophy〉等許多傑出曲子的作曲家，同時並以這些不調和音的和弦和像要跌倒般的時間感覺演奏，創造出獨特而孤高的音樂世界。

Lester Young

李斯特・楊

Lester Young、Coleman Hawkins和Ben Webster，被稱爲Bop以前的三大次中音薩克斯風手，相信誰都沒有異議吧。Hawkins尖銳垂直而充滿野心的樂句、Webster均整強烈直接而富於搖擺感的歌心，還有追求靈魂更自由飛翔的Young溫柔而大膽的抒情詩，這些優越的音樂，以現在的耳朵聽來，也絕不會感覺古老。

在這三個人的演奏中，我個人尤其強烈地被Lester Young所吸引。我最初意識到Lester Young的演奏，是在聽到美國哥倫比亞發行的Billie Holiday的三〇年代後期的錄音時。在那歌唱之間插進來的次中音薩克斯風的獨奏眞是好得沒話說。聽得令人如醉如癡。一查演出名錄，才知道背後伴奏的是Count Basie樂團（或實質上是那成員），而擔任次中音薩克斯風獨奏的則是Lester Young。

Lester Young的獨奏只要一聽就知道。當任何次中音薩克斯風演奏者，在大樂隊時代，大家都爭相想要嶄露頭角積極賣力地吹時，他卻溫柔地含著慈愛地吹他的樂器。好像在對自己訴說什

M. Wada 92

Lester Young

麼似的自然地將音符組合起來。試著在更大的框架內捕捉旋律，把更寬廣的世界觀帶進爵士樂裏。那正和在聲樂的世界裡 Billie Holiday 想要嘗試的事情，非常相似。然而這種創新，爲他們兩人帶來極大的負擔，很遺憾的是他們兩個人都沒有足夠強韌的精神力量，來對付這現實上的重壓。

因此在我的心情上，還是想提出他和也是他太太的 Billie Holiday 之間所創造出來美麗而溫暖人心的合作演出記錄，做爲 Lester Young 的最佳代表作，不過這在 Billie Holiday 的項目中已經敍述過了。因此在這裡我想提出他更後期的「PRES and TEDDY」(Verve)做爲我喜歡的一張唱片。這麼說來，不知道該不該說是偶然巧合，合奏的 Teddy Wilson 也擔任 Billie Holiday 的伴奏，長久之間一直扮演著重要的角色。年輕時代未成熟的 Lester Young 演奏很遺憾還有些瑕疵，但一九五六年一月所演奏的與 Teddy Wilson 合作的兩曲(〈PRES and TEDDY〉和〈Jazz Giants' 56〉) 每一首都無懈可擊。好得不得了。尤其敍事曲〈Louise〉中 Lester Young 音色之溫柔，只要聽過一次就永遠忘不了。好像音樂已經自然地原樣通過他的身體，在猶帶著體溫之下便咻地一下滿溢出周遭空間一般的那種感覺。

「音樂不得了，但那樂器卻是不忍一看的東西」，回想 Lester Young 時有人這樣說。「他把便宜的樂器，用橡皮筋或漿糊或口香糖黏接起來。但從那裡吹出來的音樂，卻眞的好得沒話說。」

關於好漢 Lester Young 的各種插曲中，我最喜歡這段。對，我想就是這段。

PRES AND TEDDY（Verve MV-2507）

李斯特・楊（1909～1959）

生於密西西比州。'33 年參加 Benny Morton 樂團，'36 年以後主要擔任 Count Basie 樂團的次中音薩克斯風手。留下許多抒情而輕鬆調調的著名演奏曲。他也和 Billie Holiday 合作過許多曲子，她被稱爲「Lady Day」，相對的他則被暱稱爲「Pres」（意指總統 President 的縮寫）。由於嚴酷的兵役生活經驗，精神上受到傷害，轉向毒品和飲酒求取安慰，因而縮短了生命。

後記

村上春樹

某一個時候，我忽然被所謂爵士樂這種音樂所魅惑，從此以後，我人生的大半都伴隨著這種音樂一起度過。對我來說，所謂音樂這東西經常都是非常重要的，而其中爵士尤其可以說佔有特別不同的位置。有一段時期我甚至把那當做是工作的程度。

但也正因爲這樣，一旦要對爵士重新寫一點什麼時，卻有一些爲難的地方。因爲關係實在太密切了，反而不知道該從哪裏開始寫才好，該寫到什麼程度才好……我開始這樣想時，心情逐漸沉重起來。

不過，當我看到他們給我看的幾張和田誠先生所畫的爵士音樂家的畫像時，我立刻想到「嗯，有道理，這樣的話也許我可以寫一點什麼」。看著和田先生的畫時，滲透進那音樂家的固有旋律般的東西，便咻地忽然浮上我的腦海。只要把那原樣轉化爲文章的話，我覺得好像就可以完成了。因此我才能非常自然，而且非常愉快地接下這份工作。也就是說「先有畫」，然後我才在事後加上文章這作業，採取這樣的程序，這本書於是進行得非常順利。

尤其我最佩服的是，和田先生對這二十六位音樂家的選法，若不是眞正喜歡爵士的人的話，我深深感覺到，應該沒辦法挑出這些人選。在這個地方，我也能感覺到非常私人性的共鳴。雖然 Sonny Rollins 和 John Coltrane 都沒有被放進來（相對的卻有 Bix 和 Teagarden），但請把它想成這就是這本書很棒而且很帥的地方吧。

藍小說 916

爵士群像

作者—和田誠、村上春樹
譯者—賴明珠
主編—鄭麗娥
編輯—李慧敏
校對—賴明珠、連翠茉
董事長—趙政岷
出版者—時報文化出版企業股份有限公司
108019台北市和平西路三段二四〇號三樓
發行專線—（〇二）二三〇六—六八四二
讀者服務專線—〇八〇〇—二三一—七〇五
（〇二）二三〇四—七一〇三
讀者服務傳真—（〇二）二三〇四—六八五八
信箱—10899台北華江橋郵局第九九信箱
時報悅讀網—http://www.readingtimes.com.tw
法律顧問—理律法律事務所 陳長文律師、李念祖律師
印刷—華展印刷有限公司
初版一刷—一九九八年九月二十二日
初版十八刷—二〇二三年十一月十五日
定價—新台幣一八〇元
（缺頁或破損的書，請寄回更換）

時報文化出版公司成立於一九七五年，
並於一九九九年股票上櫃公開發行，於二〇〇八年脫離中時集團非屬旺中，
以「尊重智慧與創意的文化事業」為信念。

爵士群像 / 和田誠, 村上春樹合著；賴明珠譯. -- 初版. -- 臺北市：
時報文化, 1998 [民87]
面；　公分. --（藍小說；916）

ISBN 957-13-2697-6（平裝）
ISBN 978-957-13-2697-9（平裝）

861.6　　87012461

ISBN 957-13-2697-6
ISBN 978-957-13-2697-9
Printed in Taiwan